증도 바다

증도 바다

초판 1쇄   2013년 5월 31일
지은이   박동길
펴낸이   김영재
펴낸곳   책만드는집

주소   서울 마포구 합정동 428−49번지 4층 (121−887)
전화   3142−1585·6
팩스   336−8908
전자우편   chaekjip@naver.com
출판등록   1994년 1월 13일 제10−927호
ⓒ 박동길, 2013

ISBN   978−89−7944−435−3 (04810)
ISBN   978−89−7944−354−7 (세트)

박동길 시집

증도 바다

시 인 선 033

책만드는집

| 시인의 말 |

바다의 말을 받아쓰고 싶었다
온몸으로 노래하는 증도曾島의 시어詩語를
겸손히 주워 모았다

―2013년 봄
박동길

1부

증도會島

새끼 거느린 어미 바닷새
감풀에 기대어 먹이 찾는 사이
섬 겹겹 바다 겹겹
푸른 물결 철썩이며
소용돌이치는 삶을 모아
먼 바다의 네모난 눈썹
그리는 증도

온종일 붉은 햇살에
우듬지 너머 은빛 햇살 뉘엿뉘엿
난바다 뜨겁게
하늘 연못 알을 낳은 섬
다도해 보물섬 증도
벤들레 밧줄 걸리는 소리
심심한 바다 깨우며
터진 그물 네모난 삶을
3대째 깁는 어부

파도 행진곡

수천 년 전부터
항해호의
난간에는
하늘나라의 병정兵丁들이
살고 있었다

무릎을 꿇으면서
무릎을 세우면서
상륙하는 파도 소리가
하늘 자락에
부딪치고 있었다

하늘과 바다 사이
바다와 섬 사이

바람 소리를
싣고 온 배들은

깃발을
올리면서, 내리면서
항해를 시작하고

만 톤급 여객선 난간에
파도를 모으는
하늘나라의
군악대가 있었다

증도* 바다

서해 꽃바다, 어미 코끼리가
가슴에 젖 물린 새끼를 받치고
젖가슴 들척이며 누리 보듬듯 누워 있다

나이 많아 늘 삐걱거리는 채취선
김발 기둥 고삐 잡아매고
김을 거두니 머리카락 긴 톳이 따르고
청태, 감태도 오는데

짭짤하고 주름진 홍조紅藻가
서해 뒷골목 따라 허리 굽힌
하늘에 썰물로 미끌미끌 밀리는
저녁, 이내 부끄러운 꽃빛 바다
불그스레 환하다

수십 년 파도의 꽃등 올라도
밀물의 너울침만 꽂혀

내 것, 하나 없는 증도 바다

족발집

매캐한 연기, 천장에 자욱하니 요란하다
손을 비비며 새들이 도란도란하는 집
주문을 기다리는 얘기 소리
돼지 족 뜨건 솥엔
때글때글 삶는 물, 맛있게 튄다

탱탱한 살 한 점, 된장 바른 상추쌈에
소주잔 넘어지는 소리
생강 양념 살점에 가늘게 붙은 껍질 사이로
쫄깃쫄깃한 족발 냄새 엉기는 소리

뼈다귀 바르고 남은 살로 입가심하는 파리와
벽에 붙은 환풍기는 갓 삶은 족발 냄새에
목을 삐걱거리며 하루를 털고 있다
퇴근하는 새들이 스트레스 한 접시 안주 삼아
족발이라는 입맛을 돋운다

파도

바다 건너 섬만큼
햇빛을 밀어내는 바람
고기 떼 햇살 비늘 하얀 물빛
수천 년 전부터
몰고 오는 바다
하얀 머리테 두르고
흔들며 헹구고 뒤집어
거뭇거뭇해진 몸
위, 아래로 치댄다

좀처럼 지워지지 않는 수평선 위
네모난 삶의 땟자국
바람과 바다는
앞서거니, 뒤서거니
산 넘어 바다만큼 난바다까지
변함없이 찌든 하루를 씻으며
가치노을 물빛 섞어
빨래를 한다

발자국 감추기

미리 온다고 말하지

추운 겨울 새벽 한가운데
달빛 그림자로 내려와
하늘이 밟은 자리
눈 발자국
내가 밟은 발자국은
하늘 발자국의 몇 분의 몇인지,
미리 말해주지

올지 말지 하다가
제설 작업으로 온통 녹여버리지 않게
등산화에 의지한 내 삶이
하늘 발자국의 몇 분의 몇인지
하늘 발자국을 감히 제거할 수 있다니

일 생기기 전에 말하지

새벽부터
하늘 발자국 밟는 눈 발자국이
분주하지 않게

풍경 세탁소

소형 어선 한 척, 때가 낀 옷을 씻는다
멈추지 않고 씻는다
몇 번을 하다 그만두는가 싶었는데
온몸을 띄워 빨래를 한다
바람의 옆차기
수백 번을 더 씻는다

더 작은 배는 엉덩이를 들어
바다의 얼굴까지 씻다가
검은 흠이 묻은 옷이거든
뒤뚱거리듯 파랗게 세탁한다
밤을 새우며 뻘을 씻는다
나는 언제 저처럼
내 마음을 깨끗이 씻어보았는지
세탁하는 바다를 왜 닮지 않은지

망망한 세탁소

밑창을 울리는 빨래 소리는
철렁! 철렁!
고래 울음 열 배로 울리고
파란 풍경으로 세탁한
물고기는 햇살이 가득 흐른다
파도의 쫄깃쫄깃한 살로 버무린 무침이다

바람

먼 바다를 몰고
먼저 온 파도에게
바닷길 햇살을 전하며
열리지 않는 섬 위에
삐걱! 삐걱!
닫힌 문고리를
틀어잡은 바람이 웃는다

햇살의 삶이 집 사이로
앞걸음 치다, 뒷걸음치다
어디론가 가야 하는
파도를 타며
바람의 바다를 넘어간다

펄럭! 펄럭!
닫힌 섬 위에 오르락내리락
햇살이
파란 시소를 탄다

저녁나절

수문에 모여 내 그림자의 식감을
맛보는 물고기 떼가 갯고랑을 따라
오후의 발바닥을 씻는다

제방 길, 갈대숲 그림자처럼
물결치며 밧줄을 흔들던
한 그릇의 기억이
어선의 바람꼭지로 오르는 저녁나절

한바탕 우르르 떼를 지어
개펄을 씻는 듯 파닥이던
물새들의 날갯짓도 나란히 내려앉고

황혼의 엉덩이에 졸던 바닷새도
불그스레한 밀물을 밀고 오는
바다의 가슴을 울린다

말목

물살을 치며 흐르는 바람이
늘 있던 섬에게 시비를 건다
물어뜯는 소리, 서걱거린다

말목 어깨에 걸터앉은 바다제비가
잠을 청하며 휴식을 취하는 쉼터
섬이 처음으로 지나가는 게 보인다
홀로 떠 있는 풍경에게 누군가 남긴
말목 하나, 바다를 몰고 간다

꿈 날개를 바다 위에 널며
외로움의 밭을 날던 새에게
심술궂은 파도는 바람을 찢어
내쫓는 고독, 가슴이 시리다

풍경의 등에 박힌 슬픔을 스치는
맹랑한 바람, 점점 멀어진다

바다 귀걸이로 김발을 매단 채
바다에 홀로 선 갈매기 휴게소
쉬엄쉬엄, 섬들이 간다

세월 21

파랗게 질린 도시의
강가에 서서
늪 속에 누워 있는
나의 머리칼을 세어본다

세월 속에 흐르는 바람을 잡으려고
얌심데기처럼 도시를 살아야 했던
시간의 갈피들이 추억을 달래는
순서대로 포개어 있다

마음속에 갈씬거리는 시간을 쪼개어
기도하듯 양손을 모으면
머리칼처럼 수많은 말씀이
강같이 흐른다

지나쳐 버린 신의 말씀에
귀를 기울이면,

오십오년 사월 십삼일을 떠나
멈춰버린 세월 21

무릎을 꿇고 도시에 묻혀버린
나의 별을 찾다가
쪽 글을 읽는 순간
발견한 세월 21

비구상非具象이다

사이 ^間

거리와 거리 사이로
하루의 긴 행렬이 열리고
친구와 나 사이
태초의 웃음소리가
나와 신神의 연극 대본으로 읽힌다

하늘에서 먼 미래까지
밧줄을 달아 내리듯
그 거리만큼에 있는
너와 나 사이로
삶과 삶의 분말이
쏟아진다

주제와 무제 사이, 길과 길 사이는
모든 티끌이 되어
내 손바닥으로 모이고
도시와 도시 사이

나와 신神 사이의
무수한 행렬
시나리오 각본대로 읽힌다

바다를 마시다

너럭바위 밑
파래 포자는 삿갓조개 입을 여는
물결 위에 껑충껑충 뛰고,
그물에 풀린 숭어도
김의 엽채를 뜯어 먹습니다

바다는
굽이굽이 파란 굽이마다
물굽이 핀 섬으로 올라와
바람의 손발을 곰지락거립니다

섬의 팔과 다리를 끄느라
바람의 이마에 박치기를 참고
고픈 배를 움켜쥔 그물의 울음은
꼭 바다의 눈물 같습니다

눈물짓는 파도의 물보라 속으로

삿갓조개, 숭어, 바위섬을 안고
—통! 통!
통통배는 풍경이 넘어지듯
단숨에 들어갑니다

어선은 빈 어창의 목구멍으로
바다를 쿨렁쿨렁 들이마십니다

향일성 向日性

산꼭대기에서 달려온
목뼈가 긴 기린

하늘을 끌어 내려
별을 심은 정원에

촛불을 들고 그린
바위,
잔디,
계곡을 나서는 시골길

온종일 쑥밭을 누비다
햇빛 울음소리에 놀란
기린
푸른 초장에 들어서
풀을 물고 목을 세우는데

이른 햇살은 잠을 깨우는가 싶더니
장밋빛 태양 광력光力
별빛을 두고 간다

이 슬픈 동화책을
촛불을 들고 읽는 마을 소녀

산을 넘어 달려오는 별들의
머리 긴 밤을 목에 감고
너를 향하여

목뼈가 하나 더 생긴 내 그림자는
가까스로 강을 가로지르고 있다

칠게

마음이 스산하여 해변가로 나를 내몰더니
갯바위에 발을 헛디뎠다
걷다, 오르는 손은 수시로 더듬이로 변하고
뼈마디가 부러진 줄도 모르고
바위를 걷다 문득 마주친 것은
겁에 질린 눈동자였다

무서워 하애진 갯벌 생물의 눈빛

넋을 잃기는 나와 다르지 않았다
풍파에 놀라 주춤거리다
갯바위에 쓰러진 칠게
눈치 빠른 갈매기의 발에 뺨을 맞은 채
일어나지 못했다
칠게가 울고 있었다

저 어리디어린 칠게는

높이뛰기 잘하는 짱뚱어 총각에 반하여
가출한 어린 사랑인지도,
바위 위에 두고 자란 어릴 적 나인지도 모른다
나는 갯바위를 향하여 외쳤다

겁내지 마라, 칠게야
두 개의 집게와 여덟 개의 발이
바다를 극복할 수는 없다 해도
벌떡 일어나,
파도의 어둠길을 마저 건너
먹이 쌓인 갯벌 굴집
개펄 마당으로 어서 가라

참, 너무하시네요

썰물이 시작할 무렵 물 빠진 덤장에 그물 보러 나왔다 배고픈 복어 한 마리가 송어를 입에 물려고 하는 순간, 볼록한 배에 힘을 쓰다 나와 눈이 마주쳤다 우리는 서로 평화를 지켰다 오늘 일과 시작이 복어 입에서 송어를 빼앗고 복어를 체포하는 것이다 지난번 텅 빈 그물 물이 온전히 남아 있는 나와 종일 굶었을 복어는 그물 앞에서 한참 동안 서로의 눈을 바라보았다 둘 다 아주 긴요하게 눈물이 났다

'형! 참 너무하시네요!'

물 보러 간 게 잘못이었다 나는 허리를 굽혀 복어의 입을 쥐고 있었고 졸복의 배는 복 먹이의 기억이 남아 있었다 졸복은 가쁜 숨을 내쉬며 배를 볼록하니 밀어냈다 제발 그냥 넘어가 달라는 눈치였다 나는 물때를 포기했고 허리를 세웠다 갯물에서 누군가 유영하는 소리가 들렸다 그 후, 졸복과 나는 보통이었다

세상 참, 그물 물을 보다가 너무한다는 말을 들었다

2부

구름 골목길

하늘 높은 날
생선 장수 지나고,
두부 장수 목소리 채 끝나지 않을 무렵
과일 리어카도 메가폰을 외쳐댄다
비탈진 동네 길들이
부산해지다가 오후 나절
개구쟁이들 딱지치기,
보리밥 쌀밥 놀이 하자
여우야, 여우야 뭐 하니? 소리에
절름발이 놀이 하는 구름이
깨금발로 골목길을 지난다

빈집

뉴타운 공사장의 어둠 속에서
마네킹 공장 인형처럼
공포를 안고 즐비하게 서 있는 추억이
겨울 안개 갇힌 방에
숨길 것 없이 이끼 낀 잡초와
껍질만 남은 알몸을 재운다

안쓰러운 어제는
꿈결에 들리는 포클레인 장비 소리로
갇힌 벽을 두드리고
전선 속에 남는 영혼의 기운이
출입문 아랫도리를 지나 비틀거리듯
인형의 가슴으로 오르더니
한쪽 발 쳐들고
빈 껍질에 반쪽 남은 기억마저 흔든다

고샅길에 밤이슬 묻힌 종이 껍질 남듯이

오늘을 인형 속에 남기는 폐가
계단식 햇빛을 머리에 이고 늘어선
빈집은 인형의 알몸으로
재개발 어둠을 채우고 있다

목포항

부두에 나섰다
여자를 만났다
콧노래를 부르고 있었다

떠나는 배의
돛 끝에서
바람은 높이 손을 흔든다

노래가 흐르고 있었다
아리랑처럼 휘늘어진
노래가 있었다

여자의 사진에
걸린 비린내
목포아리랑을 만났다

부두에는

목이 긴
바람이 흐르고 있었다

유달산, 꽃 축제

달빛만 바라는 고집 센 잡초들에게
손에 쥔 햇살을 펴 보이며
온순해지도록 절기의 하얀 홍보막을
높이 세우는 목련

구부정한 산자락 일주도로
일주도로에 출출히 세 들어 살며
동네 모이는 사람의 눈마다
노란 등을 내거는 개나리

고약한 바람 한 그릇,
개나리 아이를 넘어뜨릴 때
빨간 등을 켜고 자존심의 전세를 내어
사나운 바람에 맞서며
개나리꽃 세우는 동백

이 소식을 듣고 온 벚나무

유선각, 달에게 품을 사서
길마다 나무들 하얀 향기로
가세하는 벚꽃

유달산, 나는 새들
발길마다 쉼표
눈길 따라 느낌표
어머니도 설레는 꽃 축제가 한창이다

아리랑고개

황금 조기 잡아 오던 조각배가
십 리 밖 바다 언덕에 하얗게 아련한 잔등
다듬이 소리 집집마다 수북수북 피어나고
키 모자 둘러쓰고 소금 동냥 간 오줌싸개
소년이 울던 길, 바람난 아낙네가 궁둥이
들썩이며 봄나들이 나서던 고갯길

보리마당, 곡식 터는 기계음에 놀란
다람쥐는 찔레 덤불에 넘어지고
조기 풍년 꿈에 안고 고향 떠나온
조금새끼들이 밤송이 가시에 찔린 산길

온금동 아낙, 샘가에 물 한 모금 마시고
삼베 적삼 옷고름에 걸린 조각달이
이승의 보따리 털며 꽃상여 넘던 억새꽃 길
육자배기 한 가락 넘던 고개

재개발 지구

우리 동네 골목길 커브
'재개발' 현수막이 쌀집의 간판과
마주하고 서 있다

빈집 담벼락 낙서 위에 뜀뛰기 하듯
몸을 던지는 바람 한 주먹과
담을 돌며 수군거리는 전화선이
궁핍의 바다 위에 너를 이루는 말

구슬치기하다 남은 먼지가 털리고,
고무줄놀이 하던 그림자에 엎드린 폐가
곡물상회를 살피는 재개발 골목으로
우글우글한 구름과 바람이
몰려갈 때 멀쩡한 하늘도 슬펐다

일등바위

숙명의 배를 타고 목포에 왔거든
먼 타향, 열차를 타려거든
이별 정거장으로 가기 전에
상처의 창자를 밟기 전에
수천 년 꽃그늘로 땀을 닦아주는
그를 만나세요

눈보라가 몸을 벗겨도
더 깊이 안에 있는 속내를
만남의 기쁨으로 서 있는 그대
바다와 남도를 한 뼘의 사다리로
오르내리는 일등바위

바람을 타고 들녘을 지나왔거든
봇짐의 계단을 내리기 전에
다도해를 메고 바다 건너왔거든
열차의 허리를 오르기 전에

나그네 속마음 쉬어 가는
유달산 바위 그늘로 오세요

삼학도

학이 쌓아 올린 바다 이야기로
세 개의 섬을 이루었다는
삼학도

영산강 합수하는 바다에
세 마리의 학이 목포를 알리는 소리로
바다의 궁창穹蒼을 날고

석양의 불을 질러 붉은빛 비추는
영산강 하구엔
세 섬의 하늘을 출렁이는 소리와
목포항에 사는 갈매기의 삶이
바다를 날고 있다

대삼학도 옆구리를 가르는 바다와
항구의 붉은 가슴,
하늘로 오르고 있다

현수막

가위춤 장단에 달콤한 유혹에
사로잡힌 그녀가
전주電柱에 묶여 탱탱한 바람,
키질하는 오후

평생을 등에 지고 가야 할 사명에
바람의 이름표를 달고 사는 여인

저기, 봐!
애호박만 한 섬유질 목숨 하나,
보름달마냥 푸르뎅뎅하게
펄럭거리는 광고 한 줄

펄럭! 펄럭
전주에 오르자 치맛자락 날리며
눈썹 위에 눈썹,
까부르는 그녀의 삶

제설 작업

섣달 그믐날 내리는 눈은
산과 들, 강어귀를 타고 내려와
버스와 자동차를 끌며 뒤척이다
빈 집터에 모두 모여
날이 새도록 도로를 채우고 남아
하늘의 눈썹까지 쌓인다

'근하신년' 문자는 휴대폰 방마다
'04 : 00 전원 제설 근무'*로 바뀌며
깊은 밤 지새우다 동원 나가는
내 발자국이 추위에 떠는 겨울

내 삶의 속살은 빗자루 끝에 뒹굴다가
제설 삽날에 업혀 가는 눈발이 되어
바람에 업혀 간다

나를 따라다닌 그믐밤 발자국이

어느새 길을 앞서 날며
하늘 자국 지우듯 눈을 치우며
온몸의 밑천마저 모질음 쓴다

* 폭설로 인한 지자체 비상근무 명령.

키스

제15호 태풍 볼라벤*이
갓바위 낚시 배, 신성호를
끌어다 파도의 가운데로
당긴 것은 의도적인 그녀의 꾐이었다

그녀의 입맞춤에 빠져 일을 저지른 바람은
어둑한 새벽의 틈을 이용
정박 중인 배의 배를 오르며
마음껏 키스를 퍼부었다

이를 지켜보던 선주 겸 선장인
김용남 씨는 자기 배가 그녀에게
온몸을 맡기고 침수하며
자기가 끓여 먹었던 라면까지
내주는 것을 보고
보행교에 서서 병술을 마셔댄다

볼라벤이 와서 안주와 술을 나누며
위로하는 새벽일은
신성호가 태어난 지 처음 있는 일이다

날이 밝아오기 전 바다를 슬금슬금
기어올라
배의 가슴까지 더듬으며
물속으로 그를 끌고 들어가
반칙하는데 이렇게 나쁜 일은
없는 듯하였다

* BOLAVEN. 라오스에서 제출한 명칭으로, 라오스 남부에 위치한
  고원의 이름을 딴 것.

가로등 일기

달그림자의 손가락이 꺾어진 골목
남녀의 키스를 눈감아 주던 등주燈柱에
귀가하던 어느 취객이 왼발을 들고
실례하는 사이, 불그스레한 세 시를 지난다

연분홍 머리테를 쓴 새벽잠,
어둠에 감겨 있던 태엽을 풀고
환하게 깨우더니
누군가 김밥 사려!, 메밀묵! 외치며
달에게 진 빚을 갚는다

가로등 아래 입술이 빨갛게 부르트도록
일하는 새벽의 목소리가
골목 바람, 찬 바람 서너 그릇에
밤새 취한 술과 어둠 같은 정전을 모아
골목길의 삶을 여는 새벽

달빛 어깨 너머로 사라지는 가로등 불보다
더 하얀
햇살 한잔을 마시며
가로등이 하루분의 일기를 쓴다

비린내 한 마리

동네 앞 선창, 갓 내린 어선

모두 나와 그물 털고

남은 황새기* 서넛은

괭이갈매기가 와서 먹고

괭이갈매기가 놓친 새우는

바다제비가 와서 꽁지를 따고

뜬금없이 걸려 온 꼴뚜기는

쥐한테 물려 간다

어슬렁거리던 석양은

구름 어깨 위에 앉아

수고양이와

비린내 한 마리로 입가심한다

눈

우리 동네 아파트의
키를 키워주던 하늘이
까만 얼굴에 살을 파고드는
찬 바람을 날리어
온 동네가 하얀 소복으로 울어대니
아파트도 울고,
저도 하얀 눈물이 납니다

탐스런 꽃송이는
우리 집 마당까지 내려와
나무에는 반달 호빵을 먹이며
지붕마다 하얀 모자를 씌우니
나도 하얀 토끼처럼 변해갑니다

오물오물 눈을 까먹던 토끼는
저에게 슬픈 눈길을 보내고
우리 동네 골목은

눈물 이야기가 펄펄 내려와
강같이 흐릅니다

태풍, 직전

섬들이 바람을 다 잡아갔다

바람이 잡혀간 남색 하늘,
입술이 파랗게 질려 있다

손발을 빼앗긴 하늘,
태양만 뜨겁게 보초 서 있고
바람의 먹이가 될 뻔한 섬들,
바다에 바짝 엎드린 채 웅성거리며
눈썹 위로 슬금슬금 올라온다
구름이 하늘 이마에 오르더니
바람은 삐걱거리기 시작한다

섬들이 바람을 다 주워 먹었다

풍경을 말리는 갯가,
그보다

더 긴장한 하늘
태풍, 직전의 얼굴이었다

어느 일상

색 바랜 아스팔트를 낡은 유모차가 밀고 간다
닳아버린 시절을 되돌리는 만큼
도로의 낯을 쓰다듬는 바퀴마다
깊은 발자국에 사연이 짙다

구부러진 허리에 비집어 드는 바람
구도심 상점가, 더듬는 손길마다
허드레 종이들 쌓이고
손가락은 마디마디 더 굽어간다

유모차에 고개를 내미는
폐상자의 상한 얼굴을 마주친
삶의 소리가 할머니와 손을 맞잡는 길

오므라드는 하루만큼
칼바람 밀어내는 신작로의 오랜 초상
그녀 하루는 고즈넉하다

3부

우물

이른 새벽, 어머니는 첫 물이 좋다며
타래박의 목을 춤사위 돌리듯 하신다
첨벙, 새 물만 퍼 올리셨다
타래박 바닥에 묻은 모래를 닦고
첨벙첨벙 우물의 가장 깊은 곳에 타래박을 넣어
좋은 물만 고르셨다

나는 좋은 물을 길어 올릴 수 없을까
새끼줄의 몸을 아무리 굽혀도 잘 넘어지지 않는
타래박의 중심, 그 작용으로부터 너무 먼 나의 타래박은
우물로부터 하나하나 밀려난 인생 같다
물을 뜰까 말까 갸웃거리는 타래박의 춤이 우물에 빠진
개미의 발바닥만 첨벙인다

삶의 중심으로 무릎을 꿇는 어머니의 주름이
새 물을 위해 허리를 굽히는
어머니의 일터
물동이도 고개를 숙인다

윗집 아재

아버님과 친형제처럼 사시는 윗집 아재
허리춤 바구니 둘러차고 낙지잡이 나서
뻘밭 낙지 구멍 근터리* 잡아
오른손 삽질 모질음 쓴다

바지는 무릎 한참 위까지 걷어 올린 채
낙지 집 찾다가
빠지고 일어서고 반복하다 넘어지고
허벅지 뻘 반죽 달라붙어 쇠버짐 피듯

하늘에 등 돌린
빈 바다
빈 바구니
삽 하나 들고 돌아간다

어릴 적 심부름 길
내 길짐 가뜬히 들어주시더니

머리카락까지 튀어 오른
뻘바탕 갯물 서너 방울만 가지고 간다

* 근거나 구실.

가뭄

외딴섬에 산 두렁 비탈 작고 오목한
웅당이* 우물가, 목 타는 샘물마저
쪼그리고 앉아 조는 새벽, 날이 샌다

옴폭한 샘물줄기의 가지랑이 아래
물방울 서너 개가 헝겊을 덧대어 기운
바가지를 스미고, 샘물을 기다리는
아낙의 똬리 이마에 이슬만 돌린다

물동이에 채워진 어둠은
스르르 심한 가뭄을 풀고
웅당이의 가는 물줄기는
바가지의 발가락에 묻힌 아침을 연다

* 늪보다 작게 옴폭 패어 물이 괸 곳.

밥 먹다

그물을 올리는 햇볕은 매생이가 먹고
매생이의 속살을 따 먹는 멸치는
파래의 치맛자락으로 얼굴을 감싸는 순간
텀벙! 아귀에 먹힌다

섬을 당기는
밀물이 파도에게 먹힌다

바다는 풍경의 등을 타고
바람도 먹힌다

파도는 바위에 밥그릇을 올리고
나의 피와 살의 영혼도,
섬들은 바람의 발가락도 먹는다

바위에 파도가 텀벙하자
수평선까지 풍경을 끌어 내린 바다는
태양의 일상을 찧으며 밥을 먹고 있다

내 안의 바다

식탁 위에 숟가락을 들까 말까
머무적거리는 아침

생김 엽채 끓인 국 한 숟가락
입에 머금고
씹는 듯 마는 듯
꿀꺼덕,
목구멍을 보들보들하게
때리고 치며 내리는 김국

기분, 파도치며 김의 바다 하나 생긴다

고운 물결 눈빛에
홍조紅藻 띤 김 엽채의 엉덩이가 출렁인다
푸르디푸른 곳에서
자라난 자줏빛 해태海苔
물속의 밋밋하고 주름진 삶이

이끼 모양으로 태어난 김

온 가족 입에 김 꽃향기가 가득하다

도둑

어느 날 개막이 덤장에
그물 물을 보는데, 누군가 다녀갔다
머리가 뜯긴 채
물고기 핏자국이 그물망을 타고
신경 하나, 부르르 떨기에
빈 갯벌에 매달린
그물을 거두니 밴댕이 가슴이다

누군가 다녀간 후로,
망둥이, 꼴뚜기, 새우 한 그릇에
반 바구니도 안 되는
꽃게나 꽁치, 전어 몇 마리도
얇은 썰물의 그늘 자락처럼 갯벌에게 운다

그물의 코에 걸린
개울의 마디마디를 바구니에 넣은 뒤
꽤 한참 동안

개막이의 풍경을 닫는 나에게
어디선가
비웃는 듯 굼실거리는 소리가 들려왔다

배롱나무가 간다

오키나와 팔백 킬로미터 해상에
강한 먹구름이 몰려온다고
벼논에 물을 조절하며
법석인다

하늘 밭 하얗게 구워 온 구름 백여 평
어머니 산소,
잡초들도 싹쓸바람에 넘어질 듯
배롱나무 꽃밥을 성가시게 넘보고 있다

풀들을 도닥거리듯 이슬로 달래며
산소를 지켜온 어머니의 나무
흔적의 더미 앞에 꽃손으로
벌초하러 온 나에게 악수를 청한다

세월의 이마에 비바람 흘러
잡초들의 어깨 위로

머리카락 길게 풀고 누워 계시는
어머니,
봉양해 온 배롱나무 한 그루

태풍 같은 기계음 벌초 끝에
여름 한낮, 맑디맑은 남색 가을 하늘
새 이부자리를 남기고 눈물로 심었던
한 세기의 배롱나무는 가고 있다

당신의 항해술

세찬 파도에 헐떡이는 바람의 이마를
타고 오르는 김 채취선
김의 발장이 파도머리를 타는 힘으로
나도 온몸, 기를 모아
배의 꼬리를 밀며 노를 저어 간다

사하라 사막의 삿갓구름 같은 풍파에
서투른 노 젓기는 파도의 큰 두럭으로
자꾸자꾸 밀리고 밀리는데

눈보라 치는 어둠을 불러 모아
고요의 이랑으로 수르르 하게
다스리는 아버님, 직접 노를 저으시니
긴장했던 몇 가닥의 김발도 꼬리를 친다

파도의 속살을 타고 바람의 이마를 비키며
삶의 바다로 거슬러 오르는

당신의 항해술은 바다 입속을 보여주셨다

김발을 향해 비스듬히 늘어진 섬들도
풍경의 옷깃을 여미게 한다

벌초

처서 지나 바람이 자라난
산소에 벌초를 하다
생전에 아버님이 책보자기 목에 둘러
손잡이식 기계로 밤송이 같은 내 머리를
깎아주신 생각이 났다

길게 웃자란 백여 평 묘소
허망의 잡초를 베고
녹음 한 솥, 밥을 지어
청솔, 어린 전나무와 동백의 사촌도
불러
한낮의 하늘을 비벼 먹는다

초가을 몇 미터 앞 세월의 흔적 더미에
시절의 이마를 치며
망각했던 내 마음속 검은 나비처럼
불효했던 욕심을 잘라내니

베어낸 자국마다
흐르는 잡초의 눈물, 산새가
함께 운다

사촌

김 양식장에 윗집 돌김이 그물망網을 넘어왔다
갯벌 말뚝 끝에 걸린 죽은 새우도 몇 개 데리고
우리 집 김발로 건너왔다

나는 끝물 된 돌김의 포자가
바위를 떠나 윗집 김발에 와서
기생하는 것도 못 봐줄 일이고
마을 지주식 양식장에 나타나더니
채묘 양식장 말뚝까지 일 미터 이십 센티,
바다를 월담하는 것도 불만이었다

윗집 주인도 넘어간 돌김 한 줄기에
채취선을 몰고 김발을 피해 다니는
내 고생길에 골치가 아픈 눈치였다

금번 밀물에
우리 김발을 넘어간 감태가

윗집 김발을 보듬는 못된 짓에 대하여
참고 있는 듯했다

아내는 죽은 새우 몇 개 대신
산 멸치 서너 그릇을
윗집에 바치며 눈치를 살피곤 했다

이웃이 요즘 변한 것은
물살에 달을 비비던 새우일까
파도에 빨래하던 돌김 탓일까
긴 머리를 감지 않은 감태인가
바다도 힘들겠다

보리 석 되 송어* 한 말

고기잡이 배 한 척, 외딴 섬마을
해변에 닻을 내리더니 어부 한 분이
구부러진 고샅길을 돌아 '송어 사려!' 외치며
마당귀 돌멩이를 불러 세운다

이른 새벽, 온 마을
허리 굽은 리아스식 바닷가에
아재의 목소리는 절규의 턱 아래 고인
관절음보다 높고 송어 가시의 마디마디는
고요의 울음으로 담장 넘어 팔린다

간판 없는 배에 삐뚤삐뚤한 바다의 발바닥이
섬마을 장터로 바뀌는 해변의 아침
송어 한 말, 눈물 없이 외상 없는 보리 석 되

어머니들이 '송어 사려' 소리보다
큰 보자기를 머리에 이고 와

정다운 말릉 석 되에 집집마다
고봉高捧으로 보리 석 되씩 내놓는다

* 밴댕이.

방울토마토

바구니에 과일들이 구물거리는 아침
입의 당구를 칠까 말까 머뭇거리는 사이에
방울토마토 하나가
빠르게 내 큐를 훌쩍 떠났다

식탁을 뒤집어 토마토 밭을 일군다

주렁주렁 많은 자식들 머리에 이고
더위를 거느리고 살아온 눈물방울이
여기저기 열매로 익어 있다

누런빛에 감파랗던 몸매가
연분홍빛 아침 이슬 머금고
당구공으로 방울방울 은혜 받은 가슴
붉어 오르더니

해와 달을 보고, 받은 대로 빨개지는 그녀

당구대에 반들반들 미끄러지듯
빨간 미혹을 보내는 것 같고
내 입의 큐를 치고자 하는 나에게
적황색 방울로 감미롭게 웃고 있다

아침 살피기

이른 아침
고양이 눈과 마주친 햇빛 하나가
노인네 숨소리에 올라앉아
수십 개의 고요를 살피는 바닷가

갯가의 풍경을 살피는 할머니,
바다 건너 남편, 자식들이
가둥거리는 아침의 들녘에 와 있다

뜨거움의 시작이
잠잠히 흐르는 여름 해변,
지팡이의 숨소리가
동네 고양이, 그 수염의 고요에
살며시 앉는다

4부

매화

어린 봄 하나
부엉이 울음을 타고
아장아장 걷다가 한 소절 건너
덩어리를 거르니
툭! 하고 첫 매화가 눈을 떴다

눈 꽃잎에 자라온
어린 꽃술, 두 송이, 세 송이
나뭇가지에 꽃자리를 잡는다

배부른 꽃숭어리, 하얀 꿈
줄기의 꼭대기에
단 한 번 꽃 피우는 삶이
부엉이 눈물 딛고
마디마디 하얀 봄, 웃음 피웠다

봄비

안개꽃을 피우며 방울방울
봄의 주가를 높이 올렸다는 그녀는
잡초의 생각도 깊이 잠든 어느 밤
목이 빠지게 울고 있었다

하늘 정원을 밤새 들락거리고
목련의 단꿈마저 빼앗으며
먼지의 눈물을 타고 온 꽃망울로
끝내 울어버린 그녀

울음의 울음으로 치솟다
잠을 설친 나무들마저 울게 하고
새벽녘, 바람 사이에 끼어
나뭇가지 머리카락 날리듯 흐느끼며
봄에 오는 꽃밭으로 내리는가 싶더니

골짜기의 둥글둥글한 관으로

숲의 발바닥을 사뿐히 걸어
보슬보슬한 땅을 더듬으며
몸을 트는 그녀

봄의 풍만한 엉덩이로 내려와
초록빛 꿈을 꾸고 있는
내 마음의 들녘까지 적시고 있었다

봄동

고난도의 고통으로 오슬오슬 떨며
얼어 죽기를 지나온 그의 모습은
젖꼭지를 눈밭에 세운,
뿌리의 수고에 이르러
물오른 변곡점을 지나
섬유질의 푸르디푸른 잎으로
소통의 녹색 치마를
활짝 펴 널어줍니다

바람이 웅성대는 노지
내가 더 푸르고 싶다고 해도,
하얀 눈을 말리며 밥맛 여는 봄철
노란 속잎, 한 벌의 겉옷으로
사각사각 고소하게
살아온 그의 청빈한 생生은
미끄러지듯 달짝지근한
생채生彩의 젖내입니다

이팝나무 꽃

숯구름 흐르는 오월 봄날
바람은 조잘조잘
암꽃들 모여들고
하늘 햇살 내리니
이팝나무 젖가슴 오르네

아지랑이 춤추는 꽃길
개울가에 암꽃이
꽃눈개비 길에 서 있는 수꽃에게
저리도 긴 나날
숭얼숭얼 하얀 봄을 품고
저리도 꽃송아리 뒤틀고 있네

하얀 소복素服 입은 꽃처녀
사내의 속마음 기대하던
청초한 저 아픔,
오월을 낳은 아픔 아닌가

은방울꽃

하얀 웃음소리 들리는지
꽃이기 전, 눈물이기 전
웃음이지

들녘 걷는 일이
가슴 벅찬 삶이라도
핏속에 흐르는
눈물이라도

달빛도, 고요함도
하얀 웃음이지
들녘 종소리 울리는
자연 공원에 별빛 뿌리는
웃음소리이지

앵두의 분만

은밀한 것, 익어가는 우물가에
물 길으러 간 앵두 치마와
이야기 속삭속삭 입술 열어
우물 속 가득히
수수께끼 같은 그리움이
숭얼숭얼 달린 꽃 눈망울
수줍음 달고 와서
가만가만
앵두 알 분만하니,
눈물의 절창絶唱이다

어느 팔월

항구에 도착한 배,
폭염과 약속한 시간에 빈틈없이 닿았다

바다의 녹음과 함께 당도한 팔월

수평선의 발과 발가락 사이로
푸른 바람을 익혀
열 마지기 구름밭을 하얗게 짓는다

구름 사이로 풍경의 먹이를 잡는 갈매기
먼 곳을 날아갈 채비를 하는 중에
배는 고기들의 땀방울을 항구에 푸고

햇살을 태워 파도를 삶는 항구에
열 그릇의 풍경을 짓기 위해
바다 갈매기는 그네를 타듯
성취의 꽃씨를 물고 나르는 팔월

녹음의 몸통을 잡은
갈매기의 구름밭, 팔월처럼 흐른다

바람의 꽃

느릿느릿한 한나절, 바람 쐬러 나온
고양이 한 쌍, 잔디밭에 누워
햇살 부끄럽게 몸을 비빈다

갑작스레, 아파트 울타리를 넘어
먼 길 가던 풍선이
한사코 바람을 이고 다니다가
고양이 앞에 몸을 굴리며
마음 놓고 구애를 한다

살랑살랑한 호기심, 한 그릇을 먹은
암고양이가 날카로운 이빨을 숨기고
머리를 요리저리 굴리고 굴리더니
노란 봄물 녹듯이 바람이 난 모양으로
풍선에 안긴다

이내, 먼 하늘을 훨훨 나는 노란 풍선

고양이의 마음까지 아프게 한 바람의
꽃이었다

어느 가을

먼 바다 큰 동네를 가출한 바람이
산에 오르며 산과 계곡을 울리고
나무를 나무라는 듯
저 멀리 창공에 시비하는 날은

몹시 고독했다

깊은 계곡에 이르러
풍성한 나무는 마른 나무를 불러
예쁜 옷을 자랑하는 어느 잔칫날
집채만 한 바람이
시냇물 뒤집어 숲을 때리는 시간

눈물이 글썽거렸다

뺨을 맞은 나무는 흐르는 눈물을 참으며
붉은 옷 입은 적 없는 마른 나무에게

가지 많은 나무 '바람 잘 날 없다'며
고독이 낙엽 위에
눈물 나게 구르는 어느 가을날

단풍은 떨어졌다

시월

사색의 오른발이
바람의 풀섶에 스치는 가을
산길에 살랑거리는
그리움 하나, 산을 오르더니
산 빛깔의 비탈에 내려앉듯
툭! 떨어진다

추억의 왼발을 물들게 하고
시월이 오기까지 뛰어온 심장을
달음질하는 단풍과
산 그림자가
풀섶 외진 길로 왜 들어섰는지
대답 없는 내 어깨를
툭! 하며 친다

일을 놓으니

날마다
산보 겸하여
공원에 갑니다
나무에, 꽃잎에
넓게 빈 곳이 있습니다
빈 곳에 드나들어도
나는 왜 빈 곳에 살 수 없나요

금방, 나뭇잎을 만지듯
나를 만지고 있습니다
부끄러운 꽃잎에
거꾸로 나온 꽃수염도
세상을 만지작거리는 산도
공원 밖으로는
갈 데가 없습니다

단풍
−월출산에서

산사의 고요만 보고 왔습니다

그대 없이, 나는

내 몸에 손을 얹은 월출의 산빛이

추억의 밭에 내려앉아

꼭, 내 마음같이 붉게 타는 것을 보았습니다

내 마음에 내린 단풍이

눈자위까지 눈물을 흘리는 해 질 녘,

그대 없이, 나는

아무 말도 못 한 채 얼굴을 붉히며

가을빛 산사의 고요한 정적靜寂에게

단풍만 안겨주고 돌아섰습니다

은사시나무

긴 겨울의 눈물, 참지 못하고
자꾸 눈물이 나오는지
강둑으로 발길을 돌리는 순간

으악! 소리치고 말았다
하얀 눈웃, 벗지 못한 나무에게,
박해당하는 그대에게
못된 봄은 어디쯤 오는지

'괜찮나요?' 하얀 울음 어루만져 준다며
산길을 내려오다 그만 멈춰 서고 말았다

먼 산, 찬 바람 뒤로 남긴 채
계곡, 능선들도 둥지로 숨는 계절
푸르렀던 순교자의 몸과 혼을
이리도 그냥 두었는지

약한 처지로 줄지어 선 은사시나무
추위를 피하던 나는 그대의 흰 살갗 위에
눈물이 펑펑 쏟아졌다

퇴직

섬을 흔들며
시끄럽게 떠드는 파도도
귀를 쫑긋 진지해지는 바닷가,
뜨겁게 퍼붓는 여름의 발바닥에
흐느적흐느적 꼬리를 흔들거리는 배
한 척이 있다

황금 그물을 매고
신사의 파도를 타느라고
구시렁대는 섬의 눈물이
짜디짠 슬픔이었는지도 몰랐고
어창에 고기를 쌓으며 즐거웠던
나는

어느덧
파도치는 파도에게 심하게 당한
너설바위의 울던 모습대로

신세가 딱하고 가엽다며
사뭇 폭염의 꼬리를 피하는 처지로
어선의 발바닥을 섬에 묶인 채
나서지 못하고
그물을 말리는 배가 되고 말았다

강가에서

갈대숲 사이 강바람 데려와
바람난 햇살 한 줌 잎사귀와 속삭인다
두터운 비린내,
속껍질 벗어나고

봄 비늘 풀어 헤친 수면 위로
안개춤 너설바위 건듯건듯 아장거려 흐르고
파란 새순 꿈을 펴 봄을 키운다

잎새에 나부끼는 강바람 우는 소리
먹이 찾는 새들의 노래인 듯하고
구름 떼 하나씩 달려와 머무적거린다

수천 년 살아온 벤들레, 상앗대질 소리
알섬에 모여 사는 새들의 삶처럼
선착장 얼었던 강물,
일어서듯 흐른다

눈물 반 그릇

시골에서 사 온 소금 한 포대
아파트 베란다에 세워두었습니다
겨울이 다 가도록 눈물을 흘리더니
계절이 바뀌어도 울음을 그치지 않습니다
햇볕과 바람으로 부질없는 육체를 태우며
그대, 살의 거품을 버린 눈물
받쳐놓은 그릇에 반만큼 채웠습니다
그대, 나에게 피와 살이 되려고
어떤 기운이 치밀어 목메어 우는지
그대, 애쓴 결정체로 얻은 짠맛의 가슴에
내 눈물도 반이나 흐릅니다

자연 속의 삶, 삶 속의 자연

황정산 문학평론가 · 대전대 교수

　자연은 모든 생명의 근원이고 우리 삶의 원천이다. 그러므로 그것은 거대하고 원대하고 영원한 존재이다. 때문에 자연은 인간의 손이 미치지 못하는 신의 영역이기도 하다. 하지만 그 자연을 우리 인간들이 어떻게 인식하느냐는 시대에 따라 사뭇 다르다. 동양의 전통적인 사상에서 자연은 그 자체가 세상의 이치였다. 곧 자연에 순응하는 것이 하늘의 도리를 실천하는 것이었다. 반면 근대 서양에서의 자연은 철저히 타자화된 자연이다. 근대인들은 자연을 인간과 분리하여 그것을 순치하고 개발하고 가공해야 인간과 세상의 행복을 높일 수 있다 생각했다.

　하지만 탈근대가 운위되고 있는 현대사회에서 자연은 또

다른 모습으로 우리에게 다가온다. 자연을 타자화하는 인간 중심의 근대적 사고에 대한 문제 제기와 환경 보존의 필요성이 강조되면서 자연은 다시 중요한 의미를 가지게 된다. 하지만 포스트모더니즘 환경에서의 자연이 과거 전통적 세계관에서의 자연과 같을 수는 없다. 혹자들은 과거의 회귀를 통해 근대를 넘어설 수 있다고 말하기도 하지만 그것은 시간을 거꾸로 돌리는 시대착오일 뿐이다. 그렇다면 이 새로운 시대에 자연은 우리에게 또 어떤 의미로 조명될 수 있을까?

근래에 들어 자연을 주제나 소재로 하는 작품들이 많아지고 있다. 대개 이러한 작품들은 목가적인 자연 예찬을 보여주는 경우가 많다. 자연에서 안식과 삶의 의미를 찾으려는 이러한 경향들이 서정이라는 이름으로 또는 동양적 자연관의 회복이라는 의미로 다시 조명되고 있는 것도 사실이지만, 현실적 삶의 현장에서 분리되고 또한 현대적 감성으로 변용되지 못한 이러한 자연친화적 시들은 과거의 음풍농월을 크게 벗어나지 못하고 있다고 해도 과언이 아니다.

박동길 시인의 이번 시집은 자연을 바라보는 새로운 가능성을 생각하게 해준다. 그의 시에 있어 자연은 회복해야 할 원형도 도달해야 할 피안도 아니다. 바로 지금 여기의 자연이다. 가령 다음 시를 보자.

그물을 올리는 햇볕은 매생이가 먹고
매생이의 속살을 따 먹는 멸치는
파래의 치맛자락으로 얼굴을 감싸는 순간
텀벙! 아귀에 먹힌다

섬을 당기는
밀물이 파도에게 먹힌다

바다는 풍경의 등을 타고
바람도 먹힌다

파도는 바위에 밥그릇을 올리고
나의 피와 살의 영혼도,
섬들은 바람의 발가락도 먹는다

바위에 파도가 텀벙하자
수평선까지 풍경을 끌어 내린 바다는
태양의 일상을 찧으며 밥을 먹고 있다
　　－「밥 먹다」 전문

바다라는 자연은 일상으로 들어와 있다. 도시에서 사는

사람들에게 바다는 특별한 공간이다. 휴양의 공간이기도 하고 자신의 영토를 벗어난 탈주의 공간이기도 하며 온갖 모험과 위험이 가로놓인 두려움의 공간이기도 하다. 하지만 박동길 시인에게 바다는 바로 삶의 현장, 일상의 공간이다. 우리가 바다의 산물을 먹고 살듯이 바다에서도 거기에 사는 존재들이 서로를 먹고 있다. 이 시에서 바다는 통째로 우리의 삶 속에 들어와 있다. 시인은 이를 "바다는 / 태양의 일상을 찧으며 밥을 먹고 있다"라고 표현하고 있다. 우리가 바다라는 자연의 것들을 먹어 피와 살을 만들지만 또 한편에서는 바다와 그곳의 파도가 우리의 피와 살 그리고 때로는 우리의 영혼까지 먹는다. 이렇게 일상 속에 들어온 자연, 이것이 바로 박동길 시인이 바라보고 형상화한 자연이다.

하지만 삶 속에 자연을 끌어들인다고 해서 자연을 삶의 도구나 일용할 양식을 구할 생계 수단으로만 생각하지 않는다.

　　서해 꽃바다, 어미 코끼리가

　　가슴에 젖 물린 새끼를 받치고

　　젖가슴 들척이며 누리 보듬듯 누워 있다

　　나이 많아 늘 삐걱거리는 채취선

　　김발 기둥 고삐 잡아매고

김을 거두니 머리카락 긴 톳이 따르고
청태, 감태도 오는데

짭짤하고 주름진 홍조紅藻가
서해 뒷골목 따라 허리 굽힌
하늘에 썰물로 미끌미끌 밀리는
저녁, 이내 부끄러운 꽃빛 바다
불그스레 환하다

수십 년 파도의 꽃등 올라도
밀물의 너울침만 꽂혀
내 것, 하나 없는 증도 바다
―「증도 바다」 전문

　이 시에서 자연은 코끼리가 젖을 물리는 풍경의 비유처럼
일상의 연속이다. 거기에는 자연의 많은 삶의 궤적들이 들어
있다. 뿐만 아니라 김 '채취선'이나 '김발'에서 보듯이 많은
사람들의 일상의 삶이 들어차 있는 곳이기도 하다. 하지만
시인도 다른 사람들도 이 자연을 가질 수는 없다. "내 것, 하
나 없는 증도 바다"이다. 왜 그럴까? 시인은 그 이유를 3연
에서 보여주고 있다. 간단히 말하면 그것은 아름답기 때문이

다. 우리가 어떤 것을 가지면 그것의 아름다움은 사라진다. 우리가 어떤 것을 소유할 때 그것의 원래의 의미와 아름다움은 단지 재화의 가치로만 환원된다. 자연도 마찬가지이다. 바다라는 자연이 주는 산물을 재화로서 소유하게 되면 자연의 아름다움은 사라지고 없다. 그런데 시인은 이 소유할 수 없는 자연의 아름다움을 바라보고 있다. 그리고 거기에서 바로 자연의 가치를 다시 인식한다.

그런데 시인이 발견한 자연의 가치는 무엇일까? 그것은 항상성이다.

새끼 거느린 어미 바닷새
감풀에 기대어 먹이 찾는 사이
섬 겹겹 바다 겹겹
푸른 물결 철썩이며
소용돌이치는 삶을 모아
먼 바다의 네모난 눈썹
그리는 증도

온종일 붉은 햇살에
우듬지 너머 은빛 햇살 뉘엇뉘엇
난바다 뜨겁게

하늘 연못 알을 낳은 섬

다도해 보물섬 증도

벤들레 밧줄 걸리는 소리

심심한 바다 깨우며

터진 그물 네모난 삶을

3대째 깁는 어부

　　　－「증도」 전문

　시인은 증도를 '먼 바다의 네모난 눈썹'으로 표현하고 있
다. 시인이 살며 삶의 터전으로 삼고 있는 증도라는 '먼 바
다'와 연결된 오래된 자연의 일부라는 것이다. 사실 증도는
연륙도이다. 목포에서 다리로 연결된, 그래서 섬이라고 할
수 없는 곳으로 어찌 보면 목포라는 도시의 한 부분이기도
하다. 하지만 인간이 건설한 다리로도 갈라놓을 수 없고 또
변화시킬 수 없는 엄연한 자연의 한 부분이다. 때문에 거기
에 사는 사람들 역시 "터진 그물 네모난 삶을 / 3대째 깁는
어부"로 살고 있다. 자연의 항상성이 그들의 삶의 항상성을
만든 것이다. 그런데 왜 네모일까? 예부터 하늘은 둥글고 땅
은 네모라고 생각해왔다. 세상을 네모로 받아들이는 것은 스
스로 자연의 일부임을 깨닫는 것이기도 하다.

　그러므로 박동길 시인에게 있어 자연은 우리의 모든 삶

속에 숨어들어 있다.

가로등 아래 입술이 빨갛게 부르트도록
일하는 새벽의 목소리가
골목 바람, 찬 바람 서너 그릇에
밤새 취한 술과 어둠 같은 정전을 모아
골목길의 삶을 여는 새벽

달빛 어깨 너머로 사라지는 가로등 불보다
더 하얀
햇살 한잔을 마시며
가로등이 하루분의 일기를 쓴다
―「가로등 일기」 부분

색 바랜 아스팔트를 낡은 유모차가 밀고 간다
닳아버린 시절을 되돌리는 만큼
도로의 낯을 쓰다듬는 바퀴마다
깊은 발자국에 사연이 짙다

구부러진 허리에 비집어 드는 바람
구도심 상점가, 더듬는 손길마다

허드레 종이들 쌓이고
손가락은 마디마디 더 굽어간다
—「어느 일상」부분

　도시 변두리 골목길에도 자연은 깃들어 있다. '찬 바람 서
너 그릇'이라는 표현에서처럼 우리가 일상적으로 살아가는
삶의 형식으로 들어와 있고 '달빛 어깨 너머'라는 표현에서
처럼 우리의 몸을 빌려 존재하고 있다. 때문에 자연은 '비집
어 드는 바람'처럼 우리의 가난한 삶의 일부분이고 그 자연
으로 우리는 삶의 사연과 일상의 역사를 만들면서 살아왔다.
자연은 인간과 별개로 이분법적으로 존재하는 것도 아니고
인간 위에 군림하며 절대적인 원리와 법칙을 관장하는 존재
도 아니다. 우리의 삶 속에 들어와 있고 또 반대로 우리의 삶
이 자연의 일부분이기도 한 그런 자연관을 박동길 시인의 시
들은 보여주고 있다.
　하지만 시인에게 자연이 항상 안식과 평안을 가져다주는
것은 아니다. 다음 시에서처럼 자연은 시인에게 슬픔의 원천
이 되기도 한다.

　시골에서 사 온 소금 한 포대
　아파트 베란다에 세워두었습니다

겨울이 다 가도록 눈물을 흘리더니
계절이 바뀌어도 울음을 그치지 않습니다
햇볕과 바람으로 부질없는 육체를 태우며
그대, 살의 거품을 버린 눈물
받쳐놓은 그릇에 반만큼 채웠습니다
그대, 나에게 피와 살이 되려고
어떤 기운이 치밀어 목메어 우는지
그대, 애쓴 결정체로 얻은 짠맛의 가슴에
내 눈물도 반이나 흐릅니다
─「눈물 반 그릇」 전문

이 시에서 눈물은 소금에서 흐르는 간수를 말하고 있음을
누구나 쉽게 알 수 있다. 그런데 시인은 이를 왜 눈물로 인식
하고 있을까? 물론 눈물처럼 짜기 때문이다. 하지만 무엇보
다 그것은 자연의 피와 살이기 때문이다. 소금, 그중에서 천
일염은 오직 자연을 이용해서 만든 것이다. 인간의 노력이
들어가 있지만 그것은 자연의 결정체이다. 그 자연의 결정체
가 눈물을 흘리고 있다고 생각되는 것은 도회지에 옮겨 온
소금이 결국은 인간들에 의해 사라져갈 운명인 것처럼 시인
에게 일상으로 다가와 있는 자연마저 점점 사라질 운명에 놓
여 있기 때문이다.

꿈 날개를 바다 위에 널며
외로움의 밭을 날던 새에게
심술궂은 파도는 바람을 찢어
내쫓는 고독, 가슴이 시리다

풍경의 등에 박힌 슬픔을 스치는
맹랑한 바람, 점점 멀어진다
바다 귀걸이로 김발을 매단 채
바다에 홀로 선 갈매기 휴게소
쉬엄쉬엄, 섬들이 간다
―「말목」 부분

　이 시에서 자연을 바라보는 시인의 눈은 슬프다. 슬픈 이유는 자연이 시인에게서 점점 멀어지고 있기 때문이다. 바람이 인간의 고독마저 내쫓고 섬들은 점점 멀어진다. 특히 갈매기가 김발을 매단 채 홀로 서 있는 풍경은 인간에게서 그리고 우리의 삶의 터전에서 자연이 점점 밀려나고 있는 광경을 상징적으로 잘 보여주고 있다.
　다음 시에서는 좀 더 직접적으로 이를 묘사하고 있다.

　우리 동네 골목길 커브

‘재개발’ 현수막이 쌀집의 간판과
마주하고 서 있다

빈집 담벼락 낙서 위에 뜀뛰기 하듯
몸을 던지는 바람 한 주먹과
담을 돌며 수군거리는 전화선이
궁핍의 바다 위에 너를 이루는 말

구슬치기하다 남은 먼지가 털리고,
고무줄놀이 하던 그림자에 엎드린 폐가
곡물상회를 살피는 재개발 골목으로
우글우글한 구름과 바람이
몰려갈 때 멀쩡한 하늘도 슬펐다
―「재개발 지구」 전문

재개발 현수막을 보고 시인도 하늘도 슬퍼하고 있다. 시인이 재개발을 슬퍼하는 이유는 분명하다. 과거의 기억들이 사라지기 때문이다. 과거의 기억은 ‘바람 한 주먹’과 ‘궁핍의 바다’처럼 모두 자연과 함께하고 있다. 아무리 도시 뒷골목의 삶이라 해도 거기에는 자연이 주는 혜택과 아름다움이 있었다. 그런데 그 ‘멀쩡한’ 자연이 재개발을 통해 우리 곁을 영

영 떠날 운명에 처해 있다. 시인이 재개발이라 쓰인 현수막을 보고 슬픔이라는 정조를 느낄 수밖에 없는 이유가 바로 여기에 있다.

박동길 시인의 시들 속 자연은 신화화된 피안의 자연이거나 음풍농월의 공간인 목가적인 자연이 아니다. 그것은 삶 속의 자연이다. 어찌 보면 자연에는 우리의 삶이 점철되어 있기도 하다. 이 생활 속에 녹아 있는 자연의 모습을 박동길 시인은 설명하거나 의미 부여하지 않고 우리에게 생생한 이미지로 그저 보여준다. 그 보여주기가 그 어떤 철학적 해석보다도 더 가치 있게 다가오는 것은 거기에 시인으로서의 한 인간의 체취와 애정이 듬뿍 담겨 있기 때문이다. 이 세심한 시인의 눈과 애정이 좀 더 오래 지속되고 발전하길 기대해본다.